Odes Politiques

Alphonse de Lamartine

Edition : Culturea (culurea.fr), 34 Hérault
Contact : infos@culturea.fr
Impression : BOD, Norderstedt (Allemagne)
ISBN : 9791041978304
Date de publication : juillet 2023
Mise en page et maquettage : https://reedsy.com/
Cet ouvrage a été composé avec la police Bauer Bodoni

I

Contre la peine de mort

Au peuple du 19 octobre 1830.

Vains efforts! périlleuse audace!
Me disent des amis au geste menaçant,
Le lion même fait-il grâce
Quand sa langue a léché du sang?
Taisez-vous! ou chantez comme rugit la foule?
Attendez pour passer que le torrent s'écoule
De sang et de lie écumant!
On peut braver Néron, cette hyène de Rome!
Les brutes ont un coeur! le tyran est un homme :
Mais le peuple est un élément;

Elément qu'aucun frein ne dompte,
Et qui roule semblable à la fatalité;
Pendant que sa colère monte,
Jeter un cri d'humanité,
C'est au sourd Océan qui blanchit son rivage
Jeter dans la tempête un roseau de la plage,
La feuille sèche à l'ouragan!
C'est aiguiser le fer pour soutirer la foudre,
Ou poser pour l'éteindre un bras réduit en poudre
Sur la bouche en feu du volcan!

Souviens-toi du jeune poète,
Chénier! dont sous tes pas le sang est encor chaud,
Dont l'histoire en pleurant répète
Le salut triste à l'échafaud.
Il rêvait, comme toi, sur une terre libre
Du pouvoir et des lois le sublime équilibre;
Dans ses bourreaux il avait foi!
Qu'importe? il faut mourir, et mourir sans mémoire :
Eh bien! mourons, dit-il. Vous tuez de la gloire :
J'en avais pour vous et pour moi!

Cache plutôt dans le silence
Ton nom, qu'un peu d'éclat pourrait un jour trahir!
Conserve une lyre à la France,

Et laisse-les s'entre-haïr;
De peur qu'un délateur à l'oreille attentive
Sur sa table future en pourpre ne t'inscrive
Et ne dise à son peuple-roi :
C'est lui qui disputant ta proie à ta colère,
Voulant sauver du sang ta robe populaire,
Te crut généreux : venge-toi!

Non, le dieu qui trempa mon âme
Dans des torrents de force et de virilité,
N'eût pas mis dans un coeur de femme
Cette soif d'immortalité.
Que l'autel de la peur serve d'asile au lâche,
Ce coeur ne tremble pas aux coups sourds d'une hache,
Ce front levé ne pâlit pas!
La mort qui se trahit dans un signe farouche
En vain, pour m'avertir, met un doigt sur sa bouche :
La gloire sourit au trépas.

Il est beau de tomber victime
Sous le regard vengeur de la postérité
Dans l'holocauste magnanime
De sa vie à la vérité!
L'échafaud pour le juste est le lit de sa gloire :
Il est beau d'y mourir au soleil de l'histoire,
Au milieu d'un peuple éperdu!
De léguer un remords à la foule insensée,
Et de lui dire en face une mâle pensée,
Au prix de son sang répandu.

Peuple, dirais-je, écoute! et juge!
Oui, tu fus grand, le jour où du bronze affronté
Tu le couvris comme un déluge
Du reflux de la liberté!
Tu fus fort, quand pareil à la mer écumante,
Au nuage qui gronde, au volcan qui fermente,
Noyant les gueules du canon,
Tu bouillonnais semblable au plomb dans la fournaise,
Et roulais furieux sur une plage anglaise
Trois couronnes dans ton limon!

Tu fus beau, tu fus magnanime,
Le jour où, recevant les balles sur ton sein,
Tu marchais d'un pas unanime.

Sans autre chef que ton tocsin;
Où, n'ayant que ton coeur et tes mains pour combattre,
Relevant le vaincu que tu venais d'abattre
Et l'emportant, tu lui disais :
Avant d'être ennemis, le pays nous fit frères;
Livrons au même lit les blessés des deux guerres :
La France couvre le Français!

Quand dans ta chétive demeure,
Le soir, noirci du feu, tu rentrais triomphant
Près de l'épouse qui te pleure,
Du berceau nu de ton enfant!
Tu ne leur présentais pour unique dépouille
Que la goutte de sang, la poudre qui te souille,
Un tronçon d'arme dans ta main;
En vain l'or des palais dans la boue étincelle,
Fils de la liberté, tu ne rapportais qu'elle :
Seule elle assaisonnait ton pain!

Un cri de stupeur et de gloire
Sorti de tous les coeurs monta sous chaque ciel,
Et l'écho de cette victoire
Devint un hymne universel.
Moi-même dont le coeur date d'une autre France,
Moi, dont la liberté n'allaita pas l'enfance,
Rougissant et fier à la fois,
Je ne pus retenir mes bravos à tes armes,
Et j'applaudis des mains, en suivant de mes larmes
L'innocent orphelin des rois!

Tu reposais dans ta justice
Sur la foi des serments conquis, donnés, reçus;
Un jour brise dans un caprice
Les noeuds par deux règnes tissus!
Tu t'élances bouillant de honte et de délire :
Le lambeau mutilé du gage qu'on déchire
Reste dans les dents du lion.
On en appelle au fer; il t'absout! Qu'il se lève
Celui qui jetterait ou la pierre, ou le glaive
A ton jour d'indignation!

Mais tout pouvoir a des salaires
A jeter aux flatteurs qui lèchent ses genoux,
Et les courtisans populaires

Sont les plus serviles de tous!
Ceux-là des rois honteux pour corrompre les âmes
Offrent les pleurs du peuple, ou son or, ou ses femmes,
Aux désirs d'un maître puissant;
Les tiens, pour caresser des penchants plus sinistres,
Te font sous l'échafaud, dont ils sont les ministres,
Respirer des vapeurs de sang!

Dans un aveuglement funeste,
Ils te poussent de l'oeil vers un but odieux,
Comme l'enfer poussait Oreste,
En cachant le crime à ses yeux!
La soif de ta vengeance, ils l'appellent justice :
Et bien, justice soit! Est-ce un droit de supplice
Qui par tes morts fut acheté?
Que feras-tu, réponds, du sang qu'on te demande?
Quatre têtes sans tronc, est-ce donc là l'offrande
D'un grand peuple à sa liberté?

N'en ont-ils pas fauché sans nombre?
N'en ont-ils pas jeté des monceaux, sans combler
Le sac insatiable et sombre
Où tu les entendais rouler?
Depuis que la mort même, inventant ses machines,
Eut ajouté la roue aux faux des guillotines
Pour hâter son char gémissant,
Tu comptais par centaine, et tu comptas par mille!
Quand on presse du pied le pavé de ta ville,
On craint d'en voir jaillir du sang!

- Oui, mais ils ont joué leur tête.
- Je le sais; et le sort les livre et te les doit!
C'est ton gage, c'est ta conquête;
Prends, ô peuple! use de ton droit.
Mais alors jette au vent l'honneur de ta victoire;
Ne demande plus rien à l'Europe, à la gloire,
Plus rien à la postérité!
En donnant cette joie à ta libre colère,
Va-t'en; tu t'es payé toi-même ton salaire :
Du sang, au lieu de liberté!

Songe au passé, songe à l'aurore
De ce jour orageux levé sur nos berceaux;
Son ombre te rougit encore

Du reflet pourpré des ruisseaux!
Il t'a fallu dix ans de fortune et de gloire
Pour effacer l'horreur de deux pages d'histoire.
Songe à l'Europe qui te suit
Et qui dans le sentier que ton pied fort lui creuse
Voit marcher tantôt sombre et tantôt lumineuse
Ta colonne qui la conduit!

Veux-tu que sa liberté feinte
Du carnage civique arbore aussi la faux?
Et que partout sa main soit teinte
De la fange des échafauds?
Veux-tu que le drapeau qui la porte aux deux mondes,
Veux-tu que les degrés du trône que tu fondes,
Pour piédestal aient un remords?
Et que ton Roi, fermant sa main pleine de grâces,
Ne puisse à son réveil descendre sur tes places,
Sans entendre hurler la mort?

Aux jours de fer de tes annales
Quels dieux n'ont pas été fabriqués par tes mains?
Des divinités infernales
Reçurent l'encens des humains!
Tu dressas des autels à la terreur publique,
A la peur, à la mort, Dieux de ta République;
Ton grand prêtre fut ton bourreau!
De tous ces dieux vengeurs qu'adora ta démence,
Tu n'en oublias qu'un, ô peuple! la Clémence!
Essayons d'un culte nouveau.

Le jour qu'oubliant ta colère,
Comme un lutteur grandi qui sent son bras plus fort,
De l'héroïsme populaire
Tu feras le dernier effort;
Le jour où tu diras : Je triomphe et pardonne!...
Ta vertu montera plus haut que ta colonne
Au-dessus des exploits humains;
Dans des temples voués à ta miséricorde
Ton génie unira la force et la concorde,
Et les siècles battront des mains!

" Peuple, diront-ils, ouvre une ère
" Que dans ses rêves seuls l'humanité tenta,
" Proscris des codes de la terre

" La mort que le crime inventa!
" Remplis de ta vertu l'histoire qui la nie,
" Réponds par tant de gloire à tant de calomnie!
" Laisse la pitié respirer!
" Jette à tes ennemis des lois plus magnanimes,
" Ou si tu veux punir, inflige à tes victimes
" Le supplice de t'admirer!

" Quitte enfin la sanglante ornière
" Où se traîne le char des révolutions,
" Que ta halte soit la dernière
" Dans ce désert des nations;
" Que le genre humain dise en bénissant tes pages :
" C'est ici que la France a de ses lois sauvages
" Fermé le livre ensanglanté;
" C'est ici qu'un grand peuple, au jour de la justice,
" Dans la balance humaine, au lieu d'un vil supplice,
" Jeta sa magnanimité."

Mais le jour où le long des fleuves
Tu reviendras, les yeux baissés sur tes chemins,
Suivi, maudit par quatre veuves,
Et par des groupes d'orphelins,
De ton morne triomphe en vain cherchant la fête,
Les passants se diront, en détournant la tête :
Marchons, ce n'est rien de nouveau!
C'est, après la victoire, un peuple qui se venge;
Le siècle en a menti; jamais l'homme ne change :
Toujours, ou victime, ou bourreau!

II

A Némésis

Non, sous quelque drapeau que le barde se range,
La muse sert sa gloire et non ses passions!
Non, je n'ai pas coupé les ailes de cet ange
Pour l'atteler hurlant au char des factions!
Non, je n'ai point couvert du masque populaire
Son front resplendissant des feux du saint parvis,
Ni pour fouetter et mordre, irritant sa colère,
Changé ma muse en Némésis!

D'implacables serpents je ne l'ai point coiffée;
Je ne l'ai pas menée une verge à la main,
Injuriant la gloire avec le luth d'Orphée,
Jeter des noms en proie au vulgaire inhumain.
Prostituant ses vers aux clameurs de la rue,
Je n'ai pas arraché la prêtresse au saint lieu;
A ses profanateurs je ne l'ai pas vendue,
Comme Sion vendit son Dieu!

Non, non : je l'ai conduite au fond des solitudes,
Comme un amant jaloux d'une chaste beauté;
J'ai gardé ses beaux pieds des atteintes trop rudes
Dont la terre eût blessé leur tendre nudité :
J'ai couronné son front d'étoiles immortelles,
J'ai parfumé mon coeur pour lui faire un séjour,
Et je n'ai rien laissé s'abriter sous ses ailes
Que la prière et que l'amour!

L'or pur que sous mes pas semait sa main prospère
N'a point payé la vigne ou le champ du potier;
Il n'a point engraissé les sillons de mon père
Ni les coffres jaloux d'un avide héritier :
Elle sait où du ciel ce divin denier tombe.
Tu peux sans le ternir me reprocher cet or!
D'autres bouches un jour te diront sur ma tombe
Où fut enfoui mon trésor.

Je n'ai rien demandé que des chants à sa lyre,
Des soupirs pour une ombre et des hymnes pour Dieu,

Puis, quand l'âge est venu m'enlever son délire,
J'ai dit à cette autre âme un trop précoce adieu :
"Quitte un coeur que le poids de la patrie accable!
Fuis nos villes de boue et notre âge de bruit!
Quand l'eau pure des lacs se mêle avec le sable,
Le cygne remonte et s'enfuit."

Honte à qui peut chanter pendant que Rome brûle,
S'il n'a l'âme et la lyre et les yeux de Néron,
Pendant que l'incendie en fleuve ardent circule
Des temples aux palais, du Cirque au Panthéon!
Honte à qui peut chanter pendant que chaque femme
Sur le front de ses fils voit la mort ondoyer,
Que chaque citoyen regarde si la flamme
Dévore déjà son foyer!

Honte à qui peut chanter pendant que les sicaires
En secouant leur torche aiguisent leurs poignards,
Jettent les dieux proscrits aux rires populaires,
Ou traînent aux égouts les bustes des Césars!
C'est l'heure de combattre avec l'arme qui reste;
C'est l'heure de monter au rostre ensanglanté,
Et de défendre au moins de la voix et du geste
Rome, les dieux, la liberté!

La liberté! ce mot dans ma bouche t'outrage?
Tu crois qu'un sang d'ilote est assez pur pour moi,
Et que Dieu de ses dons fit un digne partage,
L'esclavage pour nous, la liberté pour toi?
Tu crois que de Séjan le dédaigneux sourire
Est un prix assez noble aux coeurs tels que le mien,
Que le ciel m'a jeté la bassesse et la lyre,
A toi l'âme du citoyen?

Tu crois que ce saint nom qui fait vibrer la terre,
Cet éternel soupir des généreux mortels,
Entre Caton et toi doit rester un mystère;
Que la liberté monte à ses premiers autels?
Tu crois qu'elle rougit du chrétien qui l'épouse,
Et que nous adorons notre honte et nos fers
Si nous n'adorons pas ta liberté jalouse
Sur l'autel d'airain que tu sers?

Détrompe-toi, poète, et permets-nous d'être hommes!

Nos mères nous ont faits tous du même limon,
La terre qui vous porte est la terre où nous sommes,
Les fibres de nos coeurs vibrent au même son!
Patrie et liberté, gloire, vertu, courage,
Quel pacte de ces biens m'a donc déshérité?
Quel jour ai-je vendu ma part de l'héritage,
Esaü de la liberté?

Va, n'attends pas de moi que je la sacrifie
Ni devant vos dédains ni devant le trépas!
Ton Dieu n'est pas le mien, et je m'en glorifie :
J'en adore un plus grand qui ne te maudit pas!
La liberté que j'aime est née avec notre âme,
Le jour où le plus juste a bravé le plus fort,
Le jour où Jehovah dit au fils de la femme :
"Choisis, des fers ou de la mort!"

Que ces tyrans divers, dont la vertu se joue,
Selon l'heure et les lieux s'appellent peuple ou roi,
Déshonorent la pourpre ou salissent la boue,
La honte qui les flatte est la même pour moi!
Qu'importe sous quel pied se courbe un front d'esclave!
Le joug, d'or ou de fer, n'en est pas moins honteux!
Des rois tu l'affrontas, des tribuns je le brave :
Qui fut moins libre de nous deux?

Fais-nous ton Dieu plus beau, si tu veux qu'on l'adore;
Ouvre un plus large seuil à ses cultes divers!
Repousse du parvis que leur pied déshonore
La vengeance et l'injure aux portes des enfers!
Ecarte ces faux dieux de l'autel populaire,
Pour que le suppliant n'y soit pas insulté!
Sois la lyre vivante, et non pas le Cerbère
Du temple de la Liberté!

Un jour, de nobles pleurs laveront ce délire;
Et ta main, étouffant le son qu'elle a tiré,
Plus juste arrachera des cordes de ta lyre
La corde injurieuse où la haine a vibré!
Mais moi j'aurai vidé la coupe d'amertume
Sans que ma lèvre même en garde un souvenir;
Car mon âme est un feu qui brûle et qui parfume
Ce qu'on jette pour la ternir.

III

Les Révolutions

I

Quand l'Arabe altéré, dont le puits n'a plus d'onde,
A plié le matin sa tente vagabonde
Et suspendu la source aux flancs de ses chameaux,
Il salue en partant la citerne tarie,
Et, sans se retourner, va chercher la patrie
Où le désert cache ses eaux.

Que lui fait qu'au couchant le vent de feu se lève
Et, comme un océan qui laboure la grève,
Comble derrière lui l'ornière de ses pas,
Suspende la montagne où courait la vallée,
Ou sème en flots durcis la dune amoncelée?
Il marche, et ne repasse pas.

Mais vous, peuples assis de l'Occident stupide,
Hommes pétrifiés dans votre orgueil timide,
Partout où le hasard sème vos tourbillons
Vous germez comme un gland sur vos sombres collines,
Vous poussez dans le roc vos stériles racines,
Vous végétez sur vos sillons!

Vous taillez le granit, vous entassez les briques,
Vous fondez tours, cités, trônes ou républiques :
Vous appelez le temps, qui ne répond qu'à Dieu;
Et, comme si des jours ce Dieu vous eût fait maître,
Vous dites à la race humaine encore à naître :
« Vis, meurs, immuable en ce lieu!

« Recrépis le vieux mur écroulé sur ta race,
Garde que de tes pieds l'empreinte ne s'efface,
Passe à d'autres le joug que d'autres t'ont jeté!
Sitôt qu'un passé mort te retire son ombre,
Dis que le doigt de Dieu se sèche, et que le nombre
Des jours, des soleils, est compté! »

En vain la mort vous suit et décime sa proie;
En vain le Temps, qui rit de vos Babels, les broie,
Sous son pas éternel insectes endormis;
En vain ce laboureur irrité les renverse,
Ou, secouant le pied, les sème et les disperse
Comme des palais de fourmis;

Vous les rebâtissez toujours, toujours de même!
Toujours dans votre esprit vous lancez anathème
A qui les touchera dans la postérité;
Et toujours en traçant ces précaires demeures,
Hommes aux mains de neige et qui fondez aux heures,
Vous parlez d'immortalité!

Et qu'un siècle chancelle ou qu'une pierre tombe,
Que Socrate vous jette un secret de sa tombe,
Que le Christ lègue au monde un ciel dans son adieu :
Vous vengez par le fer le mensonge qui règne,
Et chaque vérité nouvelle ici-bas saigne
Du sang d'un prophète ou d'un Dieu!

De vos yeux assoupis vous aimez les écailles :
Semblables au guerrier armé pour les batailles
Mais qui dort enivré de ses songes épais,
Si quelque voix soudaine éclate à votre oreille,
Vous frappez, vous tuez celui qui vous réveille,
Car vous voulez dormir en paix!

Mais ce n'est pas ainsi que le Dieu qui vous somme
Entend la destinée et les phases de l'homme;
Ce n'est pas le chemin que son doigt vous écrit!
En vain le cocur vous manque et votre pied se lasse :
Dans l'oeuvre du Très-Haut le repos n'a pas place;
Son esprit n'est pas votre esprit!

« Marche! » Sa voix le dit à la nature entière.
Ce n'est pas pour croupir sur ces champs de lumière
Que le soleil s'allume et s'éteint dans ses mains!
Dans cette oeuvre de vie où son âme palpite,
Tout respire, tout croit, tout grandit, tout gravite :
Les cieux, les astres, les humains!

L'oeuvre toujours finie et toujours commencée
Manifeste à jamais l'éternelle pensée :

Chaque halte pour Dieu n'est qu'un point de départ.
Gravissant l'infini qui toujours le domine,
Plus il s'élève, et plus la volonté divine
S'élargit avec son regard!

Il ne s'arrête pas pour mesurer l'espace,
Son pied ne revient pas sur sa brûlante trace,
Il ne revoit jamais ce qu'il vit en créant;
Semblable au faible enfant qui lit et balbutie,
Il ne dit pas deux fois la parole de vie :
Son verbe court sur le néant!

Il court, et la nature à ce Verbe qui vole
Le suit en chancelant de parole en parole :
Jamais, jamais demain ce qu'elle est aujourd'hui!
Et la création, toujours, toujours nouvelle,
Monte éternellement la symbolique échelle
Que Jacob rêva devant lui!

Et rien ne redescend à sa forme première :
Ce qui fut glace et nuit devient flamme et lumière;
Dans les flancs du rocher le métal devient or;
En perle au fond des mers le lit des flots se change;
L'éther en s'allumant devient astre, et la fange
Devient homme, et fermente encor!

Puis un souffle d'en haut se lève; et toute chose
Change, tombe, périt, fuit, meurt, se décompose,
Comme au coup de sifflet des décorations;
Jéhovah d'un regard lève et brise sa tente,
Et les camps des soleils suspendent dans l'attente
Leurs saintes évolutions.

Les globes calcinés volent en étincelles,
Les étoiles des nuits éteignent leurs prunelles,
La comète s'échappe et brise ses essieux,
Elle lance en éclats la machine céleste,
Et de mille univers, en un souffle, il ne reste
Qu'un charbon fumant dans les cieux!

Et vous, qui ne pouvez défendre un pied de grève,
Dérober une feuille au souffle qui l'enlève,
Prlonger d'un rayon ces orbes éclatants,
Ni dans son sablier, qui coule intarissable,

Ralentir d'un moment, d'un jour, d'un grain de sable,
La chute éternelle du temps;

Sous vos pieds chancelants si quelque caillou roule,
Si quelque peuple meurt, si quelque trône croule,
Si l'aile d'un vieux siècle emporte ses débris,
Si de votre alphabet quelque lettre s'efface,
Si d'un insecte à l'autre un brin de paille passe,
Le ciel s'ébranle de vos cris!

II

Regardez donc, race insensée,
Les pas des générations!
Toute la route n'est tracée
Que des débris des nations :
Trônes, autels, temples, portiques,
Peuples, royaumes, républiques,
Sont la poussière du chemin;
Et l'histoire, écho de la tombe,
N'est que le bruit de ce qui tombe
Sur la route du genre humain.

Plus vous descendez dans les âges,
Plus ce bruit s'élève en croissant,
Comme en approchant des rivages
Que bat le flot retentissant.
Voyez passer l'esprit de l'homme,
De Thèbe et de Memphis à Rome,
Voyageur terrible en tout lieu,
Partout brisant ce qu'il élève,
Partout, de la torche ou du glaive,
Faisant place à l'esprit de Dieu!

Il passe au milieu des tempêtes
Par les foudres du Sinaï,
Par les verges de ses prophètes,
Par les temples d'Adonaï!
Foulant ses jougs, brisant ses maîtres,
Il change ses rois pour ses prêtres,
Change ses prêtres pour des rois;
Puis, broyant palais, tabernacles,
Il sème ces débris d'oracles
Avec les débris de ses lois!

Déployant ses ailes rapides,
Il plonge au désert de Memnon;
Le voilà sous les Pyramides,
Le voici sur le Parthénon :
Là, cachant aux regards de l'homme
Les fondements du pouvoir, comme
Ceux d'un temple mystérieux;
Là, jetant au vent populaire,
Comme le grain criblé sur l'aire,
Les lois, les dogmes et les dieux!

Las de cet assaut de parole,
Il guide Alexandre au combat;
L'aigle sanglant du Capitole
Sur le monde à son doigt s'abat :
L'univers n'est plus qu'un empire.
Mais déjà l'esprit se retire;
Et les peuples, poussant un cri,
Comme un avide essaim d'esclaves
Dont on a brisé les entraves,
Se sauvent avec un débri.

Levez-vous, Gaule et Germanie,
L'heure de la vengeance est là!
Des ruines, c'est le génie
Qui prend les rênes d'Attila!
Lois, forum, dieux, faisceaux, tout croule;
Dans l'ornière de sang tout roule,
Tout s'éteint, tout fume. Il fait nuit,
Il fait nuit, pour que l'ombre encore
Fasse mieux éclater l'aurore
Du jour où son doigt vous conduit!

L'homme se tourne à cette flamme,
Et revit en la regardant :
Charlemagne en fait la grande âme
Dont il anime l'Occident.
Il meurt : son colosse d'empire
En lambeaux vivants se déchire,
Comme un vaste et pesant manteau
Fait pour les robustes épaules
Qui portaient le Rhin et les Gaules;
Et l'esprit reprend son marteau!

De ces nations mutilées
Cent peuples naissent sous ses pas,
Races barbares et mêlées
Que leur mère ne connaît pas;
Les uns indomptés et farouches,
Les autres rongeant dans leurs bouches
Les mors des tyrans ou des dieux :
Mais l'esprit, par diverses routes,
À son tour leur assigne à toutes
Un rendez-vous mystérieux.

Pour les pousser où Dieu les mène,
L'esprit humain prend cent détours,
Et revêt chaque forme humaine
Selon les hommes et les jours.
Ici, conquérant, il balaie
Les vieux peuples comme l'ivraie;
Là, sublime navigateur,
L'instinct d'une immense conquête
Lui fait chercher dans la tempête
Un monde à travers l'équateur.

Tantôt il coule la pensée
En bronze palpable et vivant,
Et la parole retracée
Court et brise comme le vent;
Tantôt, pour mettre un siècle en poudre,
Il éclate comme la foudre
Dans un mot de feu : Liberté!
Puis, dégoûté de son ouvrage,
D'un mot qui tonne davantage
Il réveillc l'humanité!

Et tout se fond, croule et chancelle;
Et, comme un flot du flot chassé,
Le temps sur le temps s'amoncelle,
Et le présent sur le passé!
Et sur ce sable où tout s'enfonce,
Quoi donc, ô mortels, vous annonce
L'immuable que vous cherchez?
Je ne vois que poussière et lutte,
Je n'entends que l'immense chute
Du temps qui tombe et dit : « Marchez! »

III

Marchez! l'humanité ne vit pas d'une idée!
Elle éteint chaque soir celle qui l'a guidée,
Elle en allume une autre à l'immortel flambeau :
Comme ces morts vêtus de leur parure immonde,
Les générations emportent de ce monde
Leurs vêtements dans le tombeau.

Là, c'est leurs dieux; ici, les moeurs de leurs ancêtres,
Le glaive des tyrans, l'amulette des prêtres,
Vieux lambeaux, vils haillons de cultes ou de lois :
Et quand après mille ans dans leurs caveaux on fouille,
On est surpris de voir la risible dépouille
De ce qui fut l'homme autrefois.

Robes, toges, turbans, tunique, pourpre, bure
Sceptres, glaives, faisoeaux, haches, houlette, armure
Symboles vermoulus fondent sous votre main,
Tour à tour au plus fort, au plus fourbe, au plus digne,
Et vous vous demandez vainement sous quel signe
Monte ou baisse le genre humain.

Sous le vôtre, ô chrétiens! L'homme en qui Dieu travaille
Change éternellement de formes et de taille :
Géant de l'avenir, à grandir destiné,
Il use en vieillissant ses vieux vêtements, comme
Des membres élargis font éclater sur l'homme
Les langes où l'enfant est né.

L'humanité n'est pas le boeuf à courte haleine
Qui creuse à pas égaux son sillon dans la plaine
Et revient ruminer sur un sillon pareil :
C'est l'aigle rajeuni qui change son plumage,
Et qui monte affronter, de nuage en nuage,
De plus hauts rayons du soleil.

Enfants de six mille ans qu'un peu de bruit étonne,
Ne vous troublez donc pas d'un mot nouveau qui tonne,
D'un empire éboulé, d'un siècle qui s'en va!
Que vous font les débris qui jonchent la carrière?
Regardez en avant, et non pas en amère :
Le courant roule à Jéhova!

Que dans vos coeurs étroits vos espérances vagues
Ne croulent pas sans cesse avec toutes les vagues :
Ces flots vous porteront, hommes de peu de foi!
Qu'importent bruit et vent, poussière et décadence,
Pourvu qu'au-dessus d'eux la haute Providence
Déroule l'éternelle loi!

Vos siècles page à page épellent l'Évangile :
Vous n'y lisiez qu'un mot, et vous en lirez mille;
Vos enfants plus hardis y liront plus avant!
Ce livre est comme ceux des sibylles antiques,
Dont l'augure trouvait les feuillets prophétiques
Siécle à siècle arrachés au vent.

Dans la foudre et l'éclair votre Verbe aussi vole :
Montez à sa lueur, courez à sa parole,
Attendez sans effroi l'heure lente à venir,
Vous, enfants de celui qui, l'annonçant d'avance,
Du sommet d'une croix vit briller l'espérance
Sur l'horizon de l'avenir!

Cet oracle sanglant chaque jour se révèle;
L'esprit, en renversant, élève et renouvelle.
Passagers ballottés dans vos siècles flottants,
Vous croyez reculer sur l'océan des âges,
Et vous vous remontrez, après mille naufrages,
Plus loin sur la route des temps!

Ainsi quand le vaisseau qui vogue entre deux mondes
A perdu tout rivage, et ne voit que les ondes
S'élever et crouler comme deux sombres murs;
Quand le maître a brouillé les noeuds nombreux qu'il file,
Sur la plaine sans borne il se croit immobile
Entre deux abîmes obscurs.

« C'est toujours, se dit-il dans son coeur plein de doute,
Même onde que je vois, même bruit que j'écoute;
Le flot que j'ai franchi revient pour me bercer;
A les compter en vain mon esprit se consume,
C'est toujours de la vague, et toujours de l'écume :
Les jours flottent sans avancer! »

Et les jours et les flots semblent ainsi renaître,
Trop pareils pour que l'oeil puisse les reconnaître.

Et le regard trompé s'use en les regardant;
Et l'homme, que toujours leur ressemblance abuse,
Les brouille, les confond, les gourmande et t'accuse,
Seigneur!... Ils marchent cependant!

Et quand sur cette mer, las de chercher sa route,
Du firmament splendide il explore la voûte,
Des astres inconnus s'y lèvent à ses yeux;
Et, moins triste, aux parfums qui soufflent des rivages,
Au jour tiède et doré qui glisse des cordages,
Il sent qu'il a changé de cieux.

Nous donc, si le sol tremble au vieux toit de nos pères,
Ensevelissons-nous sous des cendres si chères,
Tombons enveloppés de ces sacrés linceuls!
Mais ne ressemblons pas à ces rois d'Assyrie
Qui traînaient au tombeau femmes, enfants, patrie,
Et ne savaient pas mourir seuls;

Qui jetaient au bûcher, avant que d'y descendre,
Famille, amis, coursiers, trésors réduits en cendre,
Espoir ou souvenirs de leurs jours plus heureux,
Et, livrant leur empire et leurs dieux à la flamme,
Auraient voulu qu'aussi l'univers n'eût qu'une âme,
Pour que tout mourût avec eux!